Las cuatro estaciones / The Four Seasons

Estamos en **Primavera**
It's **Spring**

Jackie Heckt

traducido por / translated by

Eida de la Vega

ilustrado por / illustrated by
Aurora Aguilera

PowerKiDS
press.

New York

Published in 2017 by The Rosen Publishing Group, Inc.
29 East 21st Street, New York, NY 10010

First Edition

Managing Editor: Nathalie Beullens-Maoui
Editor: Caitie McAneney
Book Design: Michael Flynn
Spanish Translator: Eida de la Vega
Illustrator: Aurora Aguilera

Cataloging-in-Publication Data

Names: Heckt, Jackie.
Title: It's spring = Estamos en primavera / Jackie Heckt.
Description: New York : Powerkids Press, 2016. | Series: The four seasons = Las cuatro estaciones | Includes index.
Identifiers: ISBN 9781499422719 (library bound)
Subjects: LCSH: Spring–Juvenile literature.
Classification: LCC QB637.5 H39 2016 | DDC 508.2–dc23

Manufactured in the United States of America

CPSIA Compliance Information: Batch #BS16PK: For Further Information contact Rosen Publishing, New York, New York at 1-800-237-9932

Contenido

Contents

Hoy voy a usar mi impermeable.

¡Por fin llegó la primavera!

Today I'm going to
wear my raincoat.
It's finally spring!

5

Mi papá dice que la lluvia hace
que salgan las flores en primavera.

My dad says rain makes spring
flowers grow.

6

¡Espero que deje de llover pronto!

I hope the rain ends soon!

Mi mamá me lleva al parque.

My mom takes me to the park.

Salpico en los charcos con mis botas de agua.

I splash my rain boots in puddles.

9

Veo una florecita que comienza a crecer.

I find a little flower starting to grow.

¡El invierno debe
haber terminado!

Winter must be over!

Los pájaros cantan en los árboles.

Birds are singing in the trees.

¡Ha llegado la primavera!

Spring is here!

Veo a mi amigo Juan en el área de juego. Está contento de que el tiempo es cálido para poder jugar fuera.

I see my friend Juan at the playground. He's happy it's warm enough to play outside.

Mi vecina María nos
ayuda a buscar orugas.

My neighbor Maria helps
us spot caterpillars.

Pronto se convertirán en mariposas.

Soon they will become butterflies.

Veo muchas ardillas jugando en el parque.

I see many squirrels playing in the park.

¡Han salido de sus escondites de invierno!

They've come out of their winter hideouts!

Comienza a llover otra vez.

It starts to rain again.

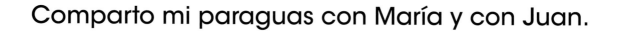

Comparto mi paraguas con María y con Juan.

I share my umbrella with Maria and Juan.

21

El sol ha vuelto a salir. ¡En primavera, el tiempo siempre cambia!

The sun comes out again. The weather is always changing in spring!

Palabras que debes aprender
Words to Know

(el) área de juego
playground

(el) impermeable
raincoat

(el) paraguas
umbrella

Índice / Index